JULIA

ou

LES DANGERS D'UN BON MOT

219. — PARIS IMP. BLOT ET FILS AÎNÉ, RUE BLEUE, 7.

JULIA

OU

LES DANGERS D'UN BON MOT

COMÉDIE-VAUDEVILLE EN DEUX ACTES

PAR MM. XAVIER ET ANGEL

AIRS NOUVEAUX DE M. ODOARD

REPRÉSENTÉE SUR LE THÉATRE DU GYMNASE DES

ENFANTS, A PARIS

PARIS

LIBRAIRIE CLASSIQUE DE CH. FOURAUT ET FILS

RUE SAINT-ANDRÉ-DES-ARTS, N° 47

PERSONNAGES

LA COMTESSE DE CLI-
GNANCOURT, sœur du
premier ministre. . . .   Mlle CLARA.
FLORVILLE, secrétaire de
l'ambassadeur français. . M. FÉLIX.
JULIA, fille de Florville. . Mlle ANASTASIE.
ALFRED, jeune baron alle-
mand . . . .   M. BRANCHE.
ÉLÉONORE, sa sœur. . .   Mlle EUGÉNIE.
SOTEMBERG, maître d'hô-
tel. . . . .   M. SCHEY.
HENRIETTE, sœur de So-
temberg. . . . . . .   Mlle VICTORINE.
POULERMANN, ⎰ écoliers. ⎰ M. DAVID.
FRITZ, ⎱   ⎱ M. DOME.
INVITÉS A LA FÊTE, ÉCOLIERS, SUITE DE LA COM-
TESSE, PAYSANS, VALETS.

*La scène se passe, au premier acte, à Dresde; au
second, dans un village de la Saxe.*

A M. BOUILLY

C'est dans les Conseils a ma fille, *dans ce charmant ouvrage qui renferme morale et plaisir, émotions pour l'âme et profit pour la raison, que nous avons puisé l'idée de notre pièce : à vous donc en appartenait la dédicace.*

Si la représentation de Julia, ou les Dangers d'un bon mot, *atteint le but que nous nous sommes proposé, si elle ramène quel-*

ques jeunes cœurs égarés, l'hommage du bien produit devra remonter à la première source de ce bien, c'est-à-dire à vous, notre maître et notre modèle à tous.

Vos très-humbles et très-respectueux serviteurs.

XAVIER, ANGEL.

Paris, 1ᵉʳ octobre 1836.

JULIA

ou

LES DANGERS D'UN BON MOT

ACTE PREMIER

Le théâtre représente un salon donnant sur une galerie.

SCÈNE I.

SOTEMBERG, Valets.

SOTEMBERG.

Courage, mes enfants !... Son excellence n'a jamais donné un bal plus brillant... continuez à apporter le même zèle, et s'il m'est accordé une gratification...

LES VALETS, *joyeux.*

Ah !...

SOTEMBERG.

Oui, je ne m'en dédis pas, s'il m'est accordé
une gratification, je promets de vous en faire
mes remercîments.

UN VALET. *ironiquement.*

Et vous garderez la gratification pour vous,
monsieur Sotemberg ?...

SOTEMBERG.

C'est trop naturel, mes enfants, parce que,
voyez-vous, des remercîments ça se transmet
à l'infini, tandis qu'une gratification, si on la
partage, ça n'en vaut plus la peine.... Allez,
et remplissez bien votre devoir, ou sinon, je
vous ferai souvenir que vous êtes ici à Dresde,
dans l'empire de la schlague....

VALETS, *sortant.*

AIR de Musard.

Évitons sa colère,
Ses mauvais traitements,
Il aura le salaire,
Nous les remercîments.

SCÈNE II.

SOTEMBERG, HENRIETTE.

SOTEMBERG.

C'est toi... que viens-tu faire ici, ma petite nièce?...

HENRIETTE.

Je suis venue à la suite de ma maîtresse. .

SOTEMBERG.

Mademoiselle Florville est au bal, chez Son Excellence!... c'est la protection de madame de Clignancourt, la sœur du premier ministre, qui lui vaut tous ces honneurs-là... Mais toi, comment te trouves-tu dans ta nouvelle condition?

HENRIETTE.

Ah! je regrette mon village et le foyer paternel...

AIR nouveau de M. Odoard.

Je regrette l'air pur des champs,
La liberté de nos campagnes,

1.

La franchise de mes compagnes,
Les doux baisers de mes parents.

Oui, chérissant ma liberté,
Je préfère, contre l'usage,
A la richesse en esclavage
Le bonheur dans la pauvreté ;
A la richesse en esclavage
Je préfère la pauvreté.

Je vois encor notre jardin,
Où dès qu'apparaissait l'aurore,
Pour écouter l'écho sonore,
Je m'égarais chaque matin.

Là, par un beau soleil d'été,
De mille oiseaux le doux langage
Me disait : Fuis, fuis l'esclavage, }
Il vaut bien mieux la pauvreté. } *bis.*

SOTEMBERG.

Chansons que tout cela!... vous devez vous trouver très-heureuse, mademoiselle, d'être la suivante du secrétaire particulier de l'ambassadeur français à Dresde.

HENRIETTE.

Mademoiselle Julia est si moqueuse!... Elle craint si peu de faire briller son esprit aux dépens de tout ce qui l'entoure!...

SOTEMBERG.

Allons donc, prends modèle sur moi: de simple marmiton, je suis devenu maître d'hôtel de l'ambassadeur, et je n'en resterai pas là... j'espère bien un jour être magistrat.

HENRIETTE.

Magistrat?

SOTEMBERG.

Oui, mademoiselle, bourgmestre dans l'endroit où je suis né, c'est mon ambition... Le bruit d'une voiture. (*Il court à la fenêtre.*) Retire-toi, voici la sœur du premier ministre; je veux lui présenter ma pétition, sans témoin.

HENRIETTE.

Quoi! vous oserez parler à madame de Cli-

gnancourt, à cette grande dame si puissante,
si fière?...

SOTEMBERG.

Oh! j'ai un moyen de l'intéresser à mon sort...
c'est moi qui ai montré à chanter à son serin...
avec ma serinette.

HENRIETTE.

Oui, mais votre écolier est mort: l'angora de
la comtesse l'a mangé hier.

SOTEMBERG.

En voilà du guignon !... mon élève qui meurt
au moment de m'être utile, sous la griffe d'un
vil quadrupède !... La comtesse s'approche, va-
t'en. (*Henriette sort.*) La mémoire du-défunt me
protégera... Du courage...

SCÈNE III.

LA COMTESSE, SOTEMBERG.

LA COMTESSE.

Annoncez-moi.

SOTEMBERG, *lui présentant sa pétition.*

Madame la comtesse ne me reconnaît pas?

LA COMTESSE.

Non.

SOTEMBERG.

Sotemberg... le maître de chant de défunt votre serin... J'ai appris avec bien de la peine l'événement désagréable qui lui est arrivé... (*Il tire son mouchoir et s'essuie les yeux.*)

LA COMTESSE.

A près... que demandes-tu ?... Parle.

SOTEMBERG.

Je voudrais être magistrat.

LA COMTESSE.

Toi !... Il est fou.

SOTEMBERG.

Madame la comtesse m'a fait l'honneur de me dire ?

LA COMTESSE.

Que tu as perdu la tête... Allons... annonce-moi.

SOTEMBERG.

Pardon, si j'ai dit une bêtise... c'est... une habitude...

LA COMTESSE.

Obéis !

SOTEMBERG, *s'inclinant.*

Sur-le-champ. (*Annonçant.*) Madame la comtesse de Clignancourt! (*La comtesse entre.*) Sois tranquille, une autre fois je te garderai un serin de ma serine !... A-t-on jamais vu un imbécile d'oiseau qui va se fourrer dans la gueule du chat !... Il n'y a qu'un serin pour faire de ces choses-là !...

SCÈNE IV.

SOTEMBERG, FLORVILLE, JULIA.

FLORVILLE.

Sotemberg.

SOTEMBERG.

Monsieur le secrétaire?...

FLORVILLE.

Le service ne se fait pas bien, et Son Excellence s'impatiente... personne n'est à son poste...

SOTEMBERG.

Dieu ! la vilaine engeance que les valets!...
ils me feront perdre l'esprit.

JULIA.

Vous faire perdre l'esprit, à vous, Sotemberg?... Impossible...

SOTEMBERG.

Mademoiselle est bien bonne... je vous...

FLORVILLE.

Sotemberg, vous ferez vos dissertations une
autre fois... allez! (*Sotemberg sort.*)

—

SCÈNE V.

FLORVILLE, JULIA.

JULIA.

C'est dommage de l'avoir arrêté dans ses
phrases, il est si amusant!...

FLORVILLE.

Ma chère Julia, il n'est utile de se moquer
de personne, et c'est avec peine que je remar-
que chez toi ce penchant.

JULIA.

Oh! mon père, je n'ai l'intention de blesser
qui que ce soit...

FLORVILLE.

Tu ne t'en aperçois pas; mais une plaisanterie a souvent des suites fort graves... Ma fille, jamais les applaudissements que nous attire une épigramme ne peuvent compenser le mal qu'elle fait à notre réputation et les remords qu'elle nous cause... Dans la position où nous sommes, nous devons craindre de nous faire des ennemis.

JULIA.

Qu'avons-nous à redouter?... La comtesse de Clignancourt, si puissante ici, ne m'honore-t-elle pas d'une protection toute particulière?...

FLORVILLE.

Caprice de grande dame, dont le crédit et les attraits baissent chaque jour!... Tes saillies l'amusent aujourd'hui, et peuvent lui déplaire demain.. Julia, il n'est de solide que l'amitié fondée sur l'estime.

JULIA.

A ce titre, n'es-tu pas bien vu de Son Excellence?...

FLORVILLE.

Il est vrai que l'ambassadeur de France me

traite plutôt comme son ami que comme son secrétaire; mais ma place fait des envieux, des mécontents...

AIR de Renaud de Montauban.

Auprès du duc on veut me décrier,
Et mon renvoi par les grands se demande ;
Car le crédit d'un pauvre roturier
Offusque ici la noblesse allemande.
Et quand, malgré ce fier ressentiment,
Personne ici n'ose attaquer ma vie,
Voudras-tu donc, ô ma fille chérie,
De mon malheur devenir l'instrument ?...
De mon malheur seras-tu l'instrument ?

JULIA, attendrie.

O mon père! peux-tu le supposer?... Moi, te causer du chagrin!...

SCÈNE VI.

LES MÊMES, HENRIETTE.

HENRIETTE.

Son Excellence demande monsieur pour faire sa partie...

FLORVILLE.

Allons, ma fille, rentre dans le bal ; ne danse pas trop, afin de pouvoir, dans quelques instants, chanter ton grand morceau.... Henriette, allez chercher sa musique ; vous la déposerez d'avance sur ce pupitre. (*Il sort.*)

HENRIETTE, *à part.*

Afin qu'elle ait l'air de s'y trouver par hasard : c'est l'usage. (*Elle sort.*)

JULIA.

Quel ennui !... Mon père me gronde toujours parce que je me moque des sots... Tiens, à propos de sots voici le baron Alfred et sa jeune sœur ; il faut que j'aille leur faire mon compliment. (*Elle sort par le fond.*)

—

SCÈNE VII.

LA COMTESSE, *arrivant par le fond.*

Quelle chaleur étouffante !... C'est à n'y pas tenir... Ah ! maintenant les fêtes m'ennuient.

AIR du *Château perdu.*

Dans ces salons, brillante de jeunesse,
J'ai su régner jadis sur tous les cœurs ;
De notre cour l'éclatante noblesse
De mes regards implorait les faveurs.
C'est mon crédit qu'à présent on encense ;
Rien à la femme, hélas ! tout au pouvoir ;
Le plaisir seul dictait la préférence ;
Mais aujourd'hui ce n'est que le devoir.

(*On entend rire dans la salle de danse.*)

Voilà bien de la gaieté... Ah ! je ne m'étonne plus, c'est la sémillante Julia qui amuse l'assemblée aux dépens d'une espèce de dandy ridicule, estropiant le français ; mais le voici avec sa sœur.

SCÈNE VIII.

LA COMTESSE, ÉLÉONORE, ALFRED.

ÉLÉONORE.

C'est affreux!

LA COMTESSE.

Qu'avez-vous donc, mes jeunes amis?

ALFRED.

J'afre que je *sis firieux, matame le* comtesse.

ÉLÉONORE.

Et vous partagerez notre indignation... N'est-
il pas déplorable de voir la fille d'un secrétaire
particulier au bal de l'ambassadeur!...

———

SCÈNE IX.

LES MÊMES, HENRIETTE.

HENRIETTE, *à part.*

On parle de ma maîtresse, écoutons.

(Elle se tient au fond.)

ALFRED.

Matmoiselle Julia *brétend* qu'en *falsant chai* l'air *d'un* toupie *t'Allemagne.*

LA· COMTESSE.

La comparaison est plaisante... Cette jeune personne a un rare talent pour saisir les ridicules.

ALFRED.

Ce être vrai... elle *touchours* saisir *mon* sœur et moi par le *betit ritinule.*

ÉLÉONORE.

Tout le monde est exposé à ses sarcasmes.

LA COMTESSE.

Tout le monde... oh ! il y a bien quelques exceptions.

ÉLÉONORE.

Pardon, madame la comtesse... et vous·même, que chacun révère....

LA COMTESSE.

Cela ne peut pas être....

ÉLÉONORE.

Rien n'est plus vrai cependant.

ALFRED.

Chut !... la *foici* qui *fient bar ici...* elle me *boursuit bartout.*

LA COMTESSE.

Ah ! si j'étais sûre de son manque de respect...

ÉLÉONORE.

Si vous voulez vous en convaincre, entrez un instant dans ce cabinet.

LA COMTESSE.

Soit. (*A part.*) Avant de lui retirer mes bontés, je veux savoir si elle en est réellement indigne...

(*Elle entre à gauche et tient la porte du cabinet entr'ouverte.*)

HENRIETTE, *à part.*

Je la sauverai de ce piége.

—

SCÈNE X.

ALFRED, ÉLÉONORE, JULIA, LA COMTESSE, cachée, HENRIETTE, au fond.

ALFRED.

Je *brésente mes défoirs* à la plus *pelle* des Françaises.

JULIA.

J'ai l'honneur de saluer le plus galant jeune-france de toute l'Allemagne.

ÉLÉONORE.

Jeune-france!... Qu'est-ce que c'est que ça?

ALFRED.

Fife-dieu! on *foit bien* qu'elle n'a *bas* comme moi étudié à *Baris.*

AIR : *L'hymen est un lien charmant.*

Le matin *bour* mon déjeuner
Che saplais gaîment le *Pourcogne;*
A chival, au *pois* de *Poulogne,*
Abrès j'allais me *bromener,*
Et chez *Féry che* revenais *tiner;*
Buis fifant sans *inquiétutes,*
Che fumais, et de nos *tantis*
Chai bris toutes les *hapitutes,*
Des *tantis chai* les *hapitutes.*

JULIA.

Ah! voilà bien comme à Paris
Nos élégants font leurs études.

ÉLÉONORE.

Dites-moi, avez-vous vu madame la comtesse?

2

JULIA.

Elle est ici?

HENRIETTE, *entrant vivement.*

Mademoiselle, voici votre musique.

JULIA.

C'est bien; posez-la sur ce pupitre... (*A Éléonore.*) Vous me parliez de madame la comtesse?

ALFRED.

Foui..., foui...

JULIA.

Nous disions donc?...

HENRIETTE.

Pardon, mademoiselle... c'est que...

JULIA.

Vous n'êtes pas encore partie? (*A Alfred.*)
Quelle toilette a-t-elle?...

HENRIETTE, *insistant.*

Excusez-moi, mais monsieur votre père vous
prie d'étudier ce morceau de chant

JULIA.

Il suffit, je sais ce que j'ai à faire... (*A Éléonore.*) Je parie que madame de Clignancourt est mise en danseuse...

HENRIETTE, *revenant.*

Permettez-moi, mademoiselle, de vous faire observer...

ALFRED.

Mais on *fous* a *tit* de *fous* en aller.

JULIA.

Que voulez-vous, enfin ?

HENRIETTE.

Mademoiselle, je veux que vous fassiez... ce que monsieur votre père vous ordonne... sans quoi, vous ne pourrez pas bien chanter.

ÉLÉONORE.

Ah ! voilà de l'impertinence.

JULIA.

N'y faites pas attention... la pauvre fille a une

maladie de famille... son oncle a perdu l'esprit,
et elle ne l'a pas trouvé.

HENRIETTE.

En cherchant à vous rendre service, je ne
croyais pas avoir mérité une pareille mortifi-
cation.

JULIA.

Les valets qui se mêlent de ce qui ne les re-
garde pas, on les chasse.

HENRIETTE.

Mais, mademoiselle...

JULIA.

Ah! c'en est trop... sortez! ou, je vous le ré-
pète, je vous chasse.

HENRIETTE, *avec émotion*.

Dès ce moment je ne suis plus à votre service, et souvenez-vous bien qu'il n'a pas tenu
qu'à moi de vous sauver. (*Elle sort.*)

SCÈNE XI

Les mêmes, excepté HENRIETTE

JULIA.

Qu'entend-elle par là... me sauver ? Je ne savais pas que je fusse en danger ?..

ÉLÉONORE.

Elle a voulu parler de votre musique.

ALFRED.

Foui... foui...

ÉLÉONORE.

Mais vous voilà toute préoccupée... que di-
siez-vous de madame de Clignancourt ?

JULIA.

Moi... c'était vous qui...

ALFRED.

Non, non, c'est au contraire *fous* qui riez tout
à l'heure de *son* toilette.

2.

ÉLÉONORE.

Vous souriez encore, et ce sourire vaut une épigramme pour madame la comtesse.

JULIA.

N'est-il pas plaisant, en effet, de vouloir folâtrer à quarante ans ?... Vieille folle !

ALFRED.

Fife-dieu ! si elle *fous* entendait !...

JULIA.

Soit, pourvu que cela la corrigeât de faire la jeune personne, quand elle pourrait, sans se compromettre, se ranger parmi les grand'-mamans.

LA COMTESSE, *traversant la scène.*

Je ne puis contenir mon indignation.

ÉLÉONORE.

Cependant c'est une jolie femme.

JULIA.

Autrefois, peut-être... et encore c'est elle qui le dit...

ALFRED.

Fous semblez en *touter?*

JULIA.

Il fait si beau mentir quand on vient de loin !

ÉLÉONORE.

Ah! ceci est trop méchant.

LA COMTESSE, *à part, en sortant.*

A la première occasion je m'en vengerai !...

(*On entend une ritournelle.*)

ALFRED.

Mais écoutez, voici *le* valse... j'ai *infité un temoiselle.*

AIR des *Comédiens.*

J'entends d'ici *le* valse qui *m'abelle,*
Dans ce salon une *tame* m'attend ;
Au *rendez-fous* il faut être *fitelle* :
Cela se doit en *chifalier* galant.

(*A Julia.*)

Insbirez-fous, pientôt pour vous *entendre*
En cercle ici l'on *fa* se réunir ;

J'espère *pien* ne *bas* me faire *attentre*,
Et le premier je *feux fous* applaudir.

JULIA.

Allez, allez, la valse vous appelle,
Dans ce salon le plaisir vous attend;
Au rendez-vous il faut être fidèle:
Cela se doit en chevalier galant.

—

SCÈNE XII.

JULIA, puis SOTEMBERG.

JULIA.

Maintenant, repassons mon morceau. (*Fredonnant.*) La, la, la.

SOTEMBERG.

Ah! mon dieu, mon dieu, quel malheur!

Air du *Philtre.*

Eut-on jamais pareille chance!
Partout le guignon me poursuit;
Si je conçois une espérance,
Soudain, le diable la détruit.

Par mon talent, de la comtesse
J'avais cru gagner la faveur,
Quand son chat a la petitesse
De dévorer mon protecteur...
Les valets pour nuire à ma cause,
Font leur service mal exprès,
Et, sans le vouloir, j'indispose
Ceux qui sont dans mes intérêts.
Dans l'bal, je vois Son Excellence
Qui désirait se rafraîchir ;
Moi, comptant sur la circonstance,
Je m'empresse de la saisir ;
Mais soudain mon pied s'embarrasse,
Je trébuche dans le salon,
Et couvre d'bavaroise et d'glace
Son habit et son pantalon...
Alors, craignant qu'il m'cherche noise
Et m'traite comme un malotru,
J'lai laissé dans la bavaroise....
Et je suis bien vite accouru.
Eut-on, etc.

JULIA, riant.

Pauvre Sotemberg !... couvrir un ambassadeur de crème ! Il doit être bien drôle à voir !

SOTEMBERG.

Il est affreux, mademoiselle : la crême l'a rendu laid comme tout... on le prendrait pour une meringue vivante.

JULIA, *riant toujours.*

Ah !... ah !...

SOTEMBERG.

Après ce qui vient d'avoir lieu, qui s'inté-ressera à mon sort ?...

JULIA.

Moi !... Ne savez-vous pas combien madame la comtesse de Clignancourt m'affectionne ?...

SOTEMBERG.

Alors, soyez assez bonne pour la prier d'appuyer cette pétition.

JULIA.

Soit ; mais à une condition.

SOTEMBERG.

Mille, si vous le désirez... pour être bourg-

mestre, je suis prêt à tout faire... s'il le fallait,
je danserais sur la corde... sans balancier.

JULIA.

Votre nièce m'a manqué.

SOTEMBERG.

Elle vous a manqué? je la déshérite, et si ça
vous fait plaisir, je lui donne ma malédiction...
Ma malédiction est à votre service.

JULIA.

Un moment.... je l'ai chassée.

SOTEMBERG.

Vous avez bien fait... vous avez très-bien
fait.

JULIA.

Non, j'ai eu tort.

SOTEMBERG.

Alors, vous avez mal fait... c'est différent...
je veux dire que vous avez eu tort.

JULIA.

Vous direz à Henriette que je ne veux pas

qu'elle parte sans me dire adieu... vous comprenez?...

SOTEMBERG.

Je comprends tout ce qui peut me faire nommer bourgmestre... vous allez être obéie. (*En s'en allant.*) Mademoiselle Julia remplacera le serin.

JULIA.

Henriette est bonne, elle oubliera la peine que je lui ai faite... On vient...

—

SCÈNE XIII.

JULIA, LA COMTESSE, FLORVILLE, ALFRED, ÉLÉONORE, invités.

CHOEUR.

Air de M. Odoard.

Abandonnons la danse,
Qu'une douce romance
A l'instant,

C'est charmant,
Excite l'enchantement.
Il faut de l'existence
Varier, je le pense,
Les désirs,
Les loisirs,
Pour avoir tous les plaisirs.

FLORVILLE.

Allons, ma fille, tu vas te rendre à nos vœux,
et chanter.

JULIA.

Avant tout, je demanderai la permission de
m'acquitter d'un message... Madame la comtesse, comme je sais avec quelle grâce vous riez
des choses plaisantes, j'ai cru vous être agréa-
ble en vous offrant cet échantillon de l'esprit
de Sotemberg.

LA COMTESSE.

Sotemberg a eu tort de vous prendre pour
avocat, mademoiselle : jamais un mot méchant
n'est une recommandation près de moi. (*Tout
le monde semble approuver la comtesse.*)

ÉLÉONORE.

C'est bien fait.

ALFRED.

Pon...*pon*.

FLORVILLE, *à Julia.*

Qu'as-tu donc fait pour déplaire à la comtesse ?

JULIA.

Rien... c'est un caprice ; on ne l'aura sans
doute pas fait danser.

FLORVILLE, *sévèrement.*

Taisez-vous, Julia.

LA COMTESSE.

Si mademoiselle doit chanter, qu'elle chante,
nous l'attendons.

JULIA, *à part.*

Je ne sais ce que j'éprouve... je tremble.

Air de M. Odoard.

Entends-tu bien tout là-bas de l'orage
Les mille accents retentir tour à tour?
Sans nul retard atteignons ce feuillage,
Qu'il nous abrite en ce funeste jour.
Avec fracas s'approche la tempête...
J'ai vu briller une horrible lueur...
La foudre, Ernest, gronde sur notre tête.
Serrons-nous bien, serrons-nous, car j'ai peur!

Le front humide, incliné vers la terre,
Le pauvre enfant conservait quelque espoir
En invoquant le doux nom de sa mère;
Il ne devait plus, hélas! la revoir!...
Au même instant la foudre menaçante
Vient mettre un terme au trouble de son cœur,
Lorsqu'il disait d'une voix suppliante:
Serrons-nous bien, serrons-nous, car j'ai peur!

(Pendant que Julia chante, la comtesse a manifesté plusieurs fois son ennui; Éléonore et Alfred l'ont imitée.)

FLORVILLE.

Il est inutile de continuer, ma fille, tu es indisposée aujourd'hui.

LA COMTESSE.

Mais non, c'est comme à l'ordinaire. (*Avec dédain.*) Moi, je n'aime pas à tromper les enfants... mademoiselle a toujours eu la voix tremblante...

JULIA.

Heureusement, madame la comtesse, que ce ne sont pas les années qui l'ont rendue ainsi.

LA· COMTESSE.

Oh ! vous n'avez pas besoin de cela.

Air : *Femmes, voulez-vous éprouver.*

A votre âge quand je chantais
Mon timbre était frais et flexible ;
Sans effort, très-haut je montais,
Je descendais bas au possible ;
Tous les airs étaient applaudis
Modulés par ma voix sonore.

JULIA.

Ah ! si vous enchantiez jadis,
Pourquoi n'enchantez-vous encore ?

ALFRED.

Oh ! *une galembourg !*

FLORVILLE.

Ma fille!!!

LA COMTESSE.

Eh! monsieur, votre fille serait moins incon-
venante si elle recevait chez son père l'exemple
du respect que l'on doit aux personnes de qualité.

FLORVILLE.

Madame!

LA COMTESSE.

Sachez que ces personnes de qualité, que des
gens de rien offensent, peuvent une fois em-
ployer leur crédit.

FLORVILLE.

Je ne crains rien, madame.

JULIA.

Eh! que peux-tu craindre, mon père?... Laisse
faire, le crédit de madame *décline en cour*

ALFRED, *à part.*

Dégline en *gour,* encore *une galembourg !*

LA COMTESSE.

Courage, poursuivez... mais je saurai vous prouver si mon crédit décline, et vous apprendre à respecter le nom qu'ont illustré mes aïeux.

(La comtesse sort précipitamment; Florville la suit comme pour la retenir; tout le monde les accompagne, excepté Julia.)

SCÈNE XIV.

JULIA, SOTEMBERG, HENRIETTE.

JULIA.

Ah! mon Dieu! qu'ai-je fait?...

SOTEMBERG, *amenant Henriette.*

Ici, petite révolutionnaire ; demandez pardon à mademoiselle, à genoux.

JULIA.

Ah ! ma pauvre Henriette, oublions le passé...
Tu ne m'abandonneras pas dans ma disgrâce,
toi.

SOTEMBERG.

Comment, comment, une disgrâce ! (*A Henriette.*) Veux-tu bien te relever... petite sotte
qui se met à genoux... si on la voyait ?

HENRIETTE.

Expliquez-vous.

JULIA.

J'ai déplu à la comtesse.

SOTEMBERG.

Pas possible... et moi, qui vais bonassement
lui remettre ma pétition. Parole d'honneur, je
rabêtis.

HENRIETTE.

Ah ! si vous eussiez voulu m'écouter, je vous
aurais sauvée du piége qu'on vous tendait...
De ce cabinet, la comtesse a tout entendu.

JULIA.

Quoi! il se pourrait?... Quelle perfidie!...

—

SCÈNE XV.

Les mêmes, FLORVILLE, les invités.

FLORVILLE.

Je suis perdu ; la comtesse a entraîné son frère dans le cabinet de l'ambassadeur, et, pour la première fois, la porte m'en a été fermée.

JULIA.

Mon père!

FLORVILLE.

Malheureuse enfant, vois où nous a conduits ton penchant à la satire.

JULIA.

Ah! si le repentir...

FLORVILLE.

Ciel ! on sonne chez l'ambassadeur.

SOTEMBERG.

J'y cours... Si j'avais ma pétition, quelle bonne occasion !... (*Il court.*)

ENSEMBLE.

Air de Rossini.

LES INVITÉS.

Avec horreur j'entrevois ce mystère :
C'est leur renvoi que l'on va demander ;
Par un seul mot elle a perdu son père,
Et contre lui le sort va décider.

FLORVILLE, JULIA.

Avec horreur j'entrevois ce mystère :
C'est mon renvoi que l'on va demander.
Ma fille, hélas ! aura { perdu { son { père,
Par un seul mot j'aurai {   { mon {
Et contre nous le sort va décider.

———

SCÈNE XVI.

LES MÊMES, SOTEMBERG.

SOTEMBERG, *à Florville.*

Monsieur, de la part de Son Excellence.

FLORVILLE.

Une lettre à mon adresse... (*Il lit.*) « Une des
» plus nobles familles du royaume sollicite
» votre éloignement; ses griefs sont fondés;
» vous avez vingt-quatre heures pour quitter
» la résidence. » Plus d'espoir de me justifier!

JULIA.

Mais cela n'est pas possible... on ne peut te
punir de la faute de ta fille; mon bon père,
j'irai me jeter aux pieds de la comtesse, elle ne
sera pas impitoyable... La voici... le courage
me manque.

SCÈNE XVII.

Les mêmes, LA COMTESSE.

(Musique à l'orchestre.)

JULIA, *se jetant aux pieds de la comtesse.*
Madame....

LA COMTESSE.

Je pensais ne plus vous retrouver ici, mademoiselle...

JULIA.

Oh! madame, infligez-moi la peine que vous voudrez ; mais grâce, grâce pour mon père !...

LA COMTESSE.

Un père qui souffre les défauts de ses enfants doit en subir la peine ; justice est faite, elle s'accomplira... L'amour-propre offensé ne pardonne jamais !...

FIN DU PREMIER ACTE.

ACTE DEUXIÈME

Le **théâtre** représente un hameau ; sur la gauche
l'habitation de Florville.

———

SCÈNE I.

JULIA, FLORVILLE.

*Ils sont assis devant leur demeure ; Florville
tient un livre à la main et Julia travaille.*

FLORVILLE.

Si tu veux, Julia, nous reprendrons notre
lecture ?.

JULIA.

Je vous écoute, mon père....

FLORVILLE.

Il y a dans ce livre, *le Ministre de Wakefield,*
plus d'une page qui porte à l'âme.... Nous en
sommes restés à l'arrivée d'Olivia.

JULIA, *à part.*

Hélas ! lorsqu'elle visite son père en prison...

FLORVILLE, *lisant.*

«Je suis ravi de te voir, mon enfant, m'écriai-
» je ; mais pourquoi cet abattement?... tu me
» portes trop d'amitié, Olivia, pour vouloir
» t'abandonner à un découragement qui mi-
» nerait une existence que je chéris comme la
» mienne. Renais à l'espérance, mon enfant,
» nous verrons encore des jours heureux...—
» Mon père, me répondit-elle, vous avez tou-
» jours été bon envers moi, et cela ajoute à
» ma douleur: ah! je ne saurais partager le
» bonheur que vous vous promettez, quand je
» songe...» (*Interrompant sa lecture.*) Eh bien!
tu pleures, mon enfant?....

JULIA.

Ah! mon père, quel rapprochement! comme
la fille du ministre, je fus la seule cause de
tous vos malheurs; et lorsque je vois la détresse où vous êtes plongé....

FLORVILLE.

Avec du courage, Julia, on s'habitue à tout...
Après mon renvoi de l'ambassade, je ne
pouvais retourner en France; là, plus qu'ail-
leurs, nos revers de fortune m'eussent été
sensibles; il fallait pourtant vivre, et, grâce à
ma connaissance de la langue du pays, nous
trouvâmes un asile dans ce village, où depuis
cinq ans l'ancien secrétaire de M. le duc
de Villiers est devenu l'instituteur de simples
paysans.

JULIA.

Encore si le fruit de nos veilles...

FLORVILLE.

Il suffit pour nous faire exister... Je l'avoue-
rai, cependant, la présence de certaine personne me pèse.

JULIA.

Celle de Sotemberg... un homme qui recevait autrefois des ordres de nous.

FLORVILLE.

Et qui est aujourd'hui en position de nous en donner!... Ne pensons pas à cela... mes élèves ne tarderont pas à arriver, je vais tout préparer pour les recevoir... Surtout, plus de larmes; tu ne veux pas me faire de la peine, Julia?

JULIA.

Oh! non, mon père.

(*Florville sort.*)

SCÈNE II.

JULIA, *seule*.

Quel père mérite plus d'être aimé?... Il me console, et pourtant c'est à moi... toute ma vie, ce fatal souvenir me poursuivra...

SCÈNE III.

JULIA, HENRIETTE.

JULIA.

J'avais besoin de te voir, ma bonne Henriette... maintenant tu es ma seule amie, ma seule consolation.

HENRIETTE.

Qui ne prendrait part à vos peines?

JULIA.

Au temps de notre splendeur je fus bien
cruelle envers toi.

HENRIETTE.

Ne pensons plus à tout cela.

JULIA.

Ah! si la première fois que je hasardai une
parole moqueuse, une bonne leçon m'eût été
donnée, j'étais corrigée pour toujours: loin de
là, chacun, pour faire la cour à mon père,

semblait admirer mes impertinences, et dans cette foule qui me souriait auparavant, il ne se trouva pas une main secourable pour adoucir nos revers!...

HENRIETTE.

On n'attendait plus rien de vous: on vous délaissait.

JULIA.

Réfugiée dans ce village, quelle fut ma surprise en t'y rencontrant!...

HENRIETTE.

Je fus bien heureuse de vous retrouver.

JULIA.

Comment jamais reconnaître?

HENRIETTE.

En continuant à me regarder comme votre meilleure amie.

JULIA.

Comme ma sœur!... et si un jour le sort nous était moins défavorable, tu ne nous quitterais pas?...

HENRIETTE.

Non, Julia; modeste dans mes goûts, je ne veux point abandonner une seconde fois l'endroit qui m'a vue naître; seulement accordez quelque souvenir à l'amie des mauvais jours.

JULIA.

Toujours, Henriette; toujours !

HENRIETTE.

J'aperçois mon oncle.

JULIA.

Pourquoi nous fait-il sentir si durement son pouvoir?

—

SCÈNE IV.

Les mêmes, SOTEMBERG, *tout essoufflé.*

SOTEMBERG.

Mademoiselle Julia, je voudrais parler à

votre père, j'ai besoin de m'entendre avec le
maître d'école...

JULIA, *à part avec douleur.*

Le maître d'école!...

SOTEMBERG.

Il ne saurait y avoir classe aujourd'hui... il
ne peut y avoir classe aujourd'hui.. je ne veux
pas qu'il y ait classe aujourd'hui!...

JULIA.

Je vais annoncer votre arrivée...

(*Elle entre chez elle.*)

—

SCÈNE V.

SOTEMBERG, HENRIETTE.

HENRIETTE.

Mon Dieu, mon oncle, je ne vous ai jamais
vu comme ça.

SOTEMBERG.

Jamais, non plus, depuis que je suis bourgmestre, le pays soumis à mes ordres n'a vù
pareil événement.

HENRIETTE.

C'est donc quelque chose de bien important?

SOTEMBERG.

C'est pyramidal!...

HENRIETTE.

Et dire qu'hier...

SOTEMBERG.

Hier, j'étais dans les ténèbres, je ne savais
rien...

HENRIETTE.

Tandis qu'aujourd'hui...

SOTEMBERG.

Je suis illuminé, grâce à ce journal. Juge
de ma joie en y lisant l'article suivant :
« Dresde »... notre ancienne résidence... « Dres-

» de, le 12 juin 18... etc. Une personne mar-.
» quante de notre cour étant malade depuis
» longtemps, les médecins lui ont ordonné
» l'usage des eaux de Bade...» (*A lui-même.*)
Braves médecins! (*Continuant.*) « En consé-
» quence, elle partira de notre ville le 15, à
» 5 heures du soir, passera à Bouldogausen...»
notre endroit, par conséquent... « le lende-
» main 16, à 10 heures 35 minutes du matin...
» Ladite personne désire garder l'incognito. »

HENRIETTE.

L'incognito !...

SOTEMBERG.

Oui, vous ne comprenez pas ça, vous autres
femmes. C'est un mot anglais qui signifie de
la pompe, du fracas... Les grands personnages
aiment les fêtes, les surprises; l'illustre malade
sera surpris. Comme je veux que sa réception
à Bouldoghausen fasse du bruit, j'ai mis tous
les tambours sur pied; ensuite, un arc de
triomphe...

HENRIETTE.

Oh ! oh !

SOTEMBERG.

Il n'y a pas d'oh ! mademoiselle ; voyez mon ordre du jour.

AIR du Petit Courrier.

Puis, symphonie à grand orchestre,
Cris, discours, hommages, bouquets ;
On verra si le bourgmestre
S'entend, ici, dans ces apprêts :
Malheur au plus léger sarcasme !
Il faut, pour me mettre en crédit,
Montrer beaucoup d'enthousiasme,
Mon ordre du jour le prescrit.

Ah ça, je compte que tu vas t'occuper de ta toilette... tu mettras ta robe cerise. Non ta robe chocolat... réflexion faite, tu te confondras dans la foule des simples paysans, pour ne point me compromettre... tu n'as pas l'air assez distingué.

HENRIETTE.

Merci, mon oncle.

SOTEMBERG.

Voyez si ce Florville viendra!

(*Il entre chez Florville.*)

—

SCÈNE VI.

HENRIETTE, POULERMANN, FRITZ,
ÉCOLIERS.

CHŒUR.

AIR: *Quel désespoir.*

Quel désespoir!
C'est déjà l'heure de l'école;
Quel désespoir!
Faut piocher du matin au soir.

HENRIETTE.

L'école vous fait donc bien peur

ÉCOLIERS.

Je crois ben!...

SCÈNE VII.

Les mêmes, FLORVILLE, JULIA, SOTEMBERG.

SOTEMBERG, *à Florville.*

Ainsi, c'est bien convenu, et je vais leur annoncer moi-même... Justement les voici. Formez-vous en cercle, j'ai besoin de vous haranguer.

FRITZ, *à Poulermann.*

Qu'est-ce qu'il va dire?...

POULERMANN.

Des bêtises, comme à son ordinaire.

SOTEMBERG, *monté sur un tabouret.*

Espérance de la patrie!... silence dans les rangs... espérance... Poulermann, au nom de la loi, je te requiers de ne pas rire... espérance de la patrie...

POULERLANN, *à Fritz.*

Depuis cinq minutes, voilà la troisième espérance...

SOTEMBERG.

Un beau jour a lui pour Bouldoghausen : la Providence a permis qu'une personne adorable, adorée, et que vous n'avez pas l'honneur de connaître, ni moi non plus, vînt le visiter ; vous vous empresserez, jeunes zhéros...

POULERMANN, *à mi-voix.*

Avec z'un cuir.

SOTEMBERG.

De vous montrer dignes d'un tel bonheur ; nous avons jugé à propos de vous octroyer un congé extraordinaire ; en conséquence, l'école est fermée.

POULERMANN.

Tiens ! la fin vaut mieux que le commencement : vive monsieur le bourgmestre !

TOUS.

Vive m'sieu l'bourgmestre !

SOTEMBERG.

Touchante jeunesse !... Mais dix heures et demie sonnent à la paroisse ; dans cinq minutes on arrive ; vite, courons, des cris, de l'enthousiasme, mes enfants, force enthousiasme, ou je vous fais donner le fouet !

Air du galop de *la Tentation.*

Courons, amis, courons bien vite
Où le devoir nous invite ;
A bien agir tout nous excite ;
   Sur-le-champ,
   Vite, en avant !

Reprise du chœur et sortie précipitée.

SCÈNE VIII.

FLORVILLE, JULIA.

FLORVILLE.

La sotte importance de cet homme m'indigne !

JULIA.

Calmez-vous, mon père.

FLORVILLE.

Tu as raison, il vaut mieux la prendre en pitié... notre habitation se trouve heureusement à l'écart ; nous pourrons éviter la vue de certaines démonstrations qui m'auraient rappelé des temps de splendeur que je veux effacer de ma mémoire... Ah ! Julia, on fut bien cruel envers nous...

JULIA, *à part.*

En ce moment toutes ses peines se réveillent. (*Haut.*) Mon père....

Air d'*Yelva*.

Ce souvenir excite ma colère :
Quoi ! se venger aussi cruellement ;
Nous condamner tous deux à la misère
Pour un seul mot, un seul mot imprudent.
De son sexe, ah ! c'est méconnaître l'âme...
Quand un méchant cherche à la chagriner,
Loin de se venger, une femme
Doit toujours plaindre et toujours pardonner.

FLORVILLE.

Entends-tu leurs cris d'allégresse ?

JULIA.

De grâce, rentrons.

(*Florville rentre ; au moment où Julia va pour le suivre, Sotemberg arrive tout effaré.*)

SCÈNE IX

JULIA, SOTEMBERG.

SOTEMBERG.

Mademoiselle Julia, mademoiselle Julia!...

JULIA.

Monsieur.

SOTEMBERG.

Ah! si vous saviez quelle catastrophe!... Au moment même où la voiture entrait dans le village, une roue s'est détachée, et tout le monde a fait la culbute.

JULIA.

On s'est blessé?...

SOTEMBERG.

Au contraire...

JULIA.

Je ne vois pas grand mal, alors.

SOTEMBERG.

Vous ne comprenez donc pas quel mauvais
renom cet événement va donner au village de
Bouldoghausen, à son bourgmestre surtout!
les journaux feront des cancans sur moi; on
dira que je suis indigne de ma place, que je
ne surveille pas les routes. Je serai destitué...
Madame la comtesse avait bien besoin d'aller
aux eaux; mais non, elle ne peut pas restér
chez elle...

JULIA.

Madame la comtesse ?...

SOTEMBERG.

Dans mon trouble j'oublie l'essentiel... ap-
prenez que l'illustre voyageur est une voyageuse, et cette voyageuse c'est... Madame de
Clignancourt....

JULIA.

Ciel!....

SOTEMBERG.

En attendant que sa voiture soit réparée, elle

se propose de parcourir le pays; il se trouve qu'elle y a été élevée : elle a demandé à embrasser son père nourricier, ses frères de lait, et j'ai eu beau lui dire que tout ça était mort et enterré, elle veut absolument revoir son ancienne demeure.

JULIA.

Votre devoir est de la contenter.

SOTEMBERG.

Mais sachez donc que cette demeure est la vôtre.

JULIA.

Que dites-vous?...

SOTEMBERG.

Ah! pourquoi vous ai-je soufferts dans le pays?

JULIA.

Monsieur Sotemberg!....

SOTEMBERG.

Oui, mademoiselle, votre présence me com-

promet au dernier point ; madame la comtesse
croira que j'ai donné asile à ses ennemis. Je
vous somme de quitter ces lieux.

JULIA.

Mais où trouverons-nous un autre asile?

SOTEMBERG.

Je n'entre pas là-dedans, je suis bourgmestre.

JULIA.

Que deviendrons-nous, je vous en supplie?

AIR *Dans un castel.*

Ah ! rendez-vous à ma vive prière ;
En ce moment voyez couler mes pleurs ;
Vous donneriez la mort à mon vieux père ;
Pitié, monsieur, pitié pour nos douleurs.
Oui, du pouvoir interprète fidèle,
Qu'à la bonté votre cœur soit ouvert ;
Épargnez-nous toute peine nouvelle ;
Mon père, hélas! a déjà tant souffert !...

SOTEMBERG.

Eh bien ! renfermez-vous dans votre maison.

Vous n'ouvrirez à personne et vous ne sortirez
que trois jours après le départ de l'illustre
voyageuse.

JULIA, à part.

Que d'humiliations!...

SOTEMBERG.

Aiʀ: Ne raillez pas la garde citoyenne.

Dépêchez-vous, montrez de la vitesse,
Ainsi le veut un avis très-prudent;
Pour éviter madame la comtesse,
De cet endroit délogez à l'instant;

ENSEMBLE.

Dépêchez, etc.

JULIA.

Rassurez-vous, montrant de la vitesse,
J'écouterai votre avis très-prudent;
Pour éviter madame la comtesse,
Dans ce logis je me rends à l'instant.

SCÈNE X.

SOTEMBERG, *seul.*

Dieu merci, m'en voilà débarrassé... Maintenant, tâchons de rajuster mon discours; en voulant porter secours, il s'est échappé de mes mains, et la voiture lui a passé sur le corps... je suis d'un trouble, d'une inquiétude... Madame la comtesse !... il était temps que la petite rentrât...

SCÈNE XI.

LA COMTESSE, ALFRED, ÉLÉONORE, HENRIETTE, SOTEMBERG, POULERMANN, FRITZ, SUITE DE LA COMTESSE, ÉCOLIERS, PAYSANS.

CHOEUR.

Air de *Malvina.*

Le bonheur règne dans ces lieux,
Grâce à mam' la comtesse.

Prouvons-lui tous notre allégresse
Par des accords joyeux.

LA COMTESSE.

C'est bien, mes bons amis,
Recevez l'assurance
Que de votre présence
Mon cœur sent tout le prix.

CHŒUR.

Le bonheur, etc.

SOTEMBERG, *à part.*

Mon Dieu ! j'ai cru qu'on ouvrait la porte... c'est le vent... diable de zéphir....il m'a fait une peur...

LA COMTESSE, *examinant.*

Ah ! oui, je reconnais bien ces lieux... voilà la maison où je reçus les premiers soins ; vous dites qu'elle est inhabitée, monsieur le bourg-mestre ?

SOTEMBERG.

Pas un chat, madame la comtesse.

LA COMTESSE.

On peut sans doute la visiter ?

SOTEMBERG.

Impossible, madame la comtesse : le propriétaire est à la foire de Leipsick, où il fait le
commerce de bœufs.

LA COMTESSE.

Vous ne paraissez pas à votre aise ici,
monsieur Sotemberg ?

SOTEMBERG.

Pardonnez-moi ; seulement, le bonheur...
la joie... l'ivresse. (*A part.*) Empêchons d'autres
questions, en lançant mon discours. (*Haut.*) Si
madame la comtesse voulait bien me prêter ses
oreilles, j'aurais l'honneur...

LA COMTESSE.

Je vous écoute.

SOTEMBERG, *prenant tour à tour les deux parties
de son discours.*

Semblable à la lu-ne...

POULERMANN, *à Fritz.*

La lune est en deux quartiérs.

SOTEMBERG.

A la lune... sembla-ble...

POULERMANN.

Il ne sortira pas de la lune...

LA COMTESSE.

Monsieur le bourgmestre, oserai-je vous prier de surveiller les réparations de ma voiture.

SOTEMBERG.

Comment donc, madame la comtesse ! en vous servant je sers l'État; s'il le faut je mettrai la main à la roue.

LA COMTESSE, *à sa suite.*

Veuillez suivre monsieur le bourgmestre, je désire être seule.

SOTEMBERG.

Sur-le-champ, madame la comtesse ; daignez agréer....

CHŒUR.

Air de M. Odoard.

Que chacun, à l'instant,
S'éloigne doucement,
Et répétons, amis :
Le beau jour pour l'pays !

LA COMTESSE.

De la ville
Peu tranquille
Je m'exile
Sans regret.
Plus de chaîne,
Plus de haine :
Oui, la peine
Disparaît.

CHŒUR

Que chacun, à l'instant, etc.

(Tout le monde s'éloigne.)

———

SCENE IX.

LA COMTESSE, *seule*.

Oui, j'ai besoin d'être seule pour pouvoir
jouir des émotions que la vue de ces lieux fait
naître en moi... Ici, je fus élevée, les jours
s'écoulaient rapidement alors... tout a bien
changé depuis !... Ah ! éloignons de pénibles
souvenirs... ne soyons qu'au présent.

AIR : *Beau Tyrol.* (Frédéric Bérat.)

Lieux où s'écoula ma jeunesse,
Votre aspect ravit mon cœur,
Et, je le sens à mon ivresse,
Seuls vous offrez le bonheur !
    Ici, point d'envie,
    Nulle jalousie
    Ne trouble la vie ;
    Par un doux concours,
    Oui, tout de nos jours
    Y charme le cours.

Souvent sous ce feuillage,

La cloche du village
Retentissait,
Et toujours ma prière,
Ardente et sincère
Au ciel montait.
Lieux où s'écoula ma jeunesse, etc.

Ah! rendez-moi, campagnes,
Mes premières compagnes,
Mes premiers jeux !...
Mais la rive est muette,
En vain je regrette
Ces temps heureux !...
Lieux où s'écoula, etc.

Une heure ici vaut mieux que toute une vie
à la cour!...

—

SCÈNE XIII.

LA COMTESSE, *pensive,* HENRIETTE
paraissant au fond.

HENRIETTE, *à part.*

Mon oncle n'y tient plus; il craint que tout se

découvre, et j'ai accepté avec empressement une mission où je pourrai peut-être être utile à Julia.

LA COMTESSE, *prêtant l'oreille.*

Suis-je dans l'erreur?.. J'ai cru entendre des pas dans cette maison.. le bourgmestre m'aurait-il trompée?...

HENRIETTE.

La comtesse a des soupçons.

LA COMTESSE.

On approche.. que signifie?

HENRIETTE.

Julia est perdue...

LA COMTESSE.

Je veux éclaircir ce mystère. (*Elle va pour frapper.*)

HENRIETTE, *se mettant devant elle.*

Je vous en conjure, madame la comtesse, n'allez pas plus loin. Votre présence jetterait le plus grand trouble dans cette maison.

5.

LA COMTESSE.

Elle est donc habitée ?...

HENRIETTE.

Madame la comtesse....

LA COMTESSE.

Je désire savoir la vérité.

HENRIETTE.

Ceux qui habitent cette demeure sont si à plaindre, que je craindrais de vous affliger en vous racontant leurs peines.

LA COMTESSE.

Mon enfant, il ne faut pas trembler ; les personnes auxquelles vous vous intéressez sont, je le présume, dignes de ma protection.

HENRIETTE.

Oui, madame... mon amie fut sans doute bien coupable ; mais le tableau qu'elle a sans cesse devant les yeux...

Air: *Ce que j'éprouve en vous voyant.*

Hélas! de l'auteur de ses jours
Chaque instant accroît la souffrance...
Pour elle il n'est plus d'espérance,
Plus de repos, plus de secours ;
Le bonheur a fui pour toujours...
Combien sa douleur est amère !
Ah! rien ne saurait l'alléger,
Non, rien ne saurait l'alléger :
Elle voit souffrir son vieux père,
Et ne peut pas le soulager !...

Comprenez-vous combien cela est cruel ?

LA COMTESSE.

Oh! oui, et je compatis à toutes ses peines.

HENRIETTE.

Elles sont d'autant plus vives que ma pauvre amie causa la ruine de son père... c'est par elle qu'il se vit privé d'une position brillante, honorable.

LA COMTESSE.

Il n'a donc pas toujours habité ce village ?

5..

HENRIETTE.

Il n'y est que depuis peu d'années ; auparavant, madame, il vivait entouré d'honneurs et de considération... chacun le fêtait... une imprudence de sa fille, une seule, a suffi pour lui faire tout perdre.

LA COMTESSE.

Il se pourrait ?...

HENRIETTE.

En un moment, amis, honneurs, considération, tout disparut, et il fut réduit à la misère. Depuis cinq années, madame, il lutte avec courage ; mais le chagrin mine sa santé, et bientôt peut-être...

LA COMTESSE.

Mon Dieu, quelle pensée !...

HENRIETTE.

Un enfant causer la mort de son père !

LA COMTESSE.

La faute de votre amie fut donc bien grave?

HENRIETTE.

Il y eut plus d'étourderie que de méchan-
ceté. En pleine assemblée elle osa insulter d'une
manière sanglante une personne du plus haut
rang.

LA COMTESSE, *à part.*

Quels souvenirs!... Je suis tout émue.

HENRIETTE.

Mais cinq années de douleurs, de souffrances,
ont assez payé l'erreur d'un moment, et si cette
personne pouvait entendre ses regrets, voir
couler ses pleurs, elle lui pardonnerait, n'est-
ce pas, madame?...

LA COMTESSE.

Ah! qui pourrait résister à ses larmes?... où
est-elle?...

HENRIETTE, *courant à la demeure de Julia.*

Venez, venez, Julia. (*A la comtesse.*) La voici...

———

SCÈNE XIV.

LA COMTESSE, HENRIETTE, JULIA, puis FLORVILLE.

LA COMTESSE.

Julia!...

JULIA, *se jetant à ses pieds.*

Ah! madame.

LA COMTESSE.

Relevez-vous... pauvre enfant, comme elle est changée!...

FLORVILLE, *paraissant.*

La comtesse en ces lieux!... vient-elle insulter à notre misère?

LA COMTESSE.

Monsieur Florville, vous et votre fille vous partez avec moi, et bientôt, je l'espère, il ne restera plus aucune trace du passé.

JULIA.

Vous me pardonneriez....

LA COMTESSE.

Vous avez souffert assez longtemps, et je serai heureuse moi-même de vous rendre tous deux au bonheur.

JULIA.

Ah! merci pour moi, merci, merci pour mon père!...

AIR de *Gustave.*

Ma reconnaissance
Ne pourra jamais,
Je le crains d'avance,
Payer vos bienfaits.

LA COMTESSE.

Quoi! des pleurs, mon amie.

JULIA.

Laissez-moi, je vous prie,
Épancher mon cœur :
Ce sont des larmes de bonheur! ..

FLORVILLE, LA COMTESSE, HENRIETTE.

ENSEMBLE.

Sa reconnaissance
Éloigne à jamais
La triste vengeance
Que je regrettais.

—

SCÈNE XV.

Les mêmes, SOTEMBERG, ALFRED, ÉLÉO-
NORE, suite de la comtesse, paysans.

SOTEMBERG, *tout ébahi.*

Ai-je un brouillard sur les yeux?... Julia
ici... auprès de madame la comtesse.

LA COMTESSE.

Ah! vous voilà, monsieur le bourgmestre.

SOTEMBERG, *à part.*

Je voudrais être à dix-sept lieues d'ici.

LA COMTESSE.

Le propriétaire de cette maison est-il toujours à la foire de Leipsick?...

SOTEMBERG.

Madame la comtesse...

LA COMTESSE.

Son commerce de bœufs prospère-t-il bien?

SOTEMBERG, *à part.*

Je suis sûr que j'ai l'air d'une oie.

LA COMTESSE.

Voyez pourtant à quoi vous m'avez exposée.

SOTEMBERG.

Croyez que je suis au désespoir de ce qui a
eu lieu.

LA COMTESSE.

N'est-ce pas que c'est affreux?

SOTEMBERG.

C'est abominable!... mais cela n'arrivera

plus, car, dès ce jour, Julia et son père devront quitter le pays.

LA COMTESSE.

C'est bien là le langage d'un magistrat...

SOTEMBERG.

J'étais sûr d'avoir votre assentiment.

LA COMTESSE.

D'un magistrat qui méconnaît ses devoirs. Julia est désormais sous ma protection.... Je pourrais vous faire punir d'une telle conduite... j'oublie tout en faveur d'Henriette.

HENRIETTE.

Eh bien! mon oncle, ai-je l'air assez distingué maintenant? vous ai-je compromis?

SOTEMBERG.

Tu es la fleur des nièces!... mais j'ai un moyen pour tout réparer. Madame la comtesse, mon discours n'est pas terminé... Semblable à la lune...

LA COMTESSE.

Monsieur Sotemberg, quand je repasserai
vous le finirez ; ma voiture est sans doute en
bon état ?

SOTEMBERG.

Oui, madame la comtesse ; j'ai posé moi-
même les clous.

LA COMTESSE.

Remettons-nous donc en route.

ÉLÉONORE, à *Julia*.

Nous prenons le plus grand plaisir à ce qui
vous arrive.

ALFRED.

Nous sommes *fos bons* amis de cœur.

LA COMTESSE.

De cœur, non... de cour... oui.

SOTEMBERG, *à part*.

A son retour, je solliciterai pour être... pour
être autre chose...

CHŒUR.

Air de M. Odoard.

Pour eux plus de détresse ;
Adieu, peine et douleur ;
Madame la comtesse
Les rend tous au bonheur.

HENRIETTE.

Ah ! malgré l'étiquette
Aimez-moi désormais...

JULIA.

Mon cœur, bonne Henriette,
Ne t'oubliera jamais !

CHŒUR.

Pour eux plus de détresse, etc.

(La comtesse se dispose à regagner sa voiture ; Julia et Henriette se pressent dans les bras l'une de l'autre ; Sotemberg se confond en salutations, et les paysans agitent leurs chapeaux.)

FIN.